CATALOGUE

D'UNE

JOLIE COLLECTION

D'ESTAMPES

Choix de pièces intéressantes dans les diverses Écoles

PORTRAITS

PIÈCES HISTORIQUES, LIVRES A FIGURES

DONT LA VENTE AURA LIEU

HOTEL DES COMMISSAIRES-PRISEURS

Rue Drouot, n° 5,

SALLE N° 3 AU 1er ÉTAGE

Les Lundi 3 et Mardi 4 Novembre 1856

heure de midi.

Par le ministère de Me **DELBERGUE-CORMONT,**
Commissaire-Priseur, rue de Provence, 8,
Assisté de M. **VIGNÈRES**, marchand d'Estampes,
Rue de la Monnaie, n. 13, à l'entresol, entrée rue Baillet, n. 1,
Chez lesquels se distribue le présent catalogue.

EXPOSITION PUBLIQUE

Le Dimanche 2 Novembre, de une heure à quatre.

PARIS

MAULDE ET RENOU

IMPRIMEURS DE LA COMPAGNIE DES COMMISSAIRES-PRISEURS

Rue de Rivoli, 144.

1856.

Frais 19 %	Produit		2397	25
affiches et affichage	18	50		
Catalogue	126	..		
Distribution	12	..		
Insertion au Moniteur des Ventes	17	40		
Declaration	1	70		
Timbre	2	50		
Enregistrement	60	..		
Bourse Commune	75	60		
Honoraire du C^re Priseur	75	60		
H. de Peintre, Gratif. (Exp. et Vente) clerc, crieur,	47	..		
Location de la Salle	64	30		
Honoraire de Vigneres	75	..		
	575	60		
Deduction de 5 % des Acquereurs	119	85	455	75
			1941	50

CATALOGUE

D'UNE

JOLIE COLLECTION

D'ESTAMPES

Choix de pièces intéressantes dans les diverses Écoles

PORTRAITS

PIÈCES HISTORIQUES, LIVRES A FIGURES

DONT LA VENTE AURA LIEU

HOTEL DES COMMISSAIRES-PRISEURS

Rue Drouot, n° 5,

SALLE N° 3 AU 1er ÉTAGE

Les Lundi 3 et Mardi 4 Novembre 1856

heure de midi.

Par le ministère de Me **DELBERGUE-CORMONT**, Commissaire-Priseur, rue de Provence, 8,

Assisté de M. **VIGNÈRES**, marchand d'Estampes, Rue de la Monnaie, n. 13, à l'entresol, entrée rue Baillet, n. 1,

Chez lesquels se distribue le présent catalogue.

EXPOSITION PUBLIQUE

Le Dimanche 2 Novembre, de une heure à quatre.

PARIS

MAULDE ET RENOU

IMPRIMEURS DE LA COMPAGNIE DES COMMISSAIRES-PRISEURS

Rue de Rivoli, 144.

1856.

ORDRE DES VACATIONS

1re *Lundi 3*, de 1 à 100.
de 291 à 316 Livres.
de 195 à 199 Pièces historiques.
de 200 à 226 Portraits.
2me *Mardi 4*, de 101 à 194.
de 227 à 290 Portraits.

On commencera à une heure précise.

M. Vignères, faisant la vente, se charge des commissions.

CONDITIONS DE LA VENTE

La vente sera faite au comptant.

Les adjudicataires paieront cinq centimes par franc, en sus des enchères, applicables aux frais.

Il suffira de parcourir ce Catalogue pour voir quel intérêt il offre aux amateurs. Parmi les morceaux que l'on y voit figurer, nous nous bornerons à citer la Bethsabé de J. Binck, plusieurs jolies pièces de S. Beham et Brosamer, la Joie de la France et le Bal d'Abraham Bosse, des pièces de Callot en superbes épreuves, de l'École de Fontainebleau ; de charmantes compositions de Boucher, Eisen, Greuze, Longueil, Saint-Aubin ; des eaux-fortes de divers maîtres français, italiens, hollandais ; des camaïeux ; des portraits, parmi lesquels : Ravaillac (rarissime), Gabriel d'Estrées, Henri IV de Th. de Leu, Henri III de Wierix, la duchesse de Longueville de Regnesson, Bossuet de Drevet avant les points, Mesdames de Pompadour, Dubarry, de beaux portraits d'Edelinck, Gr. Huret, Masson, Mellan, Morin, Nanteuil, Schmidt, Suyderoef, Will, etc ; les États après la mort de Henri IV par Halbeck, pièce historique des plus intéressantes et des plus rares ; parmi les livres : l'Instruction du Roy ou l'Exercice de monter à cheval, avec les belles figures de Crispin de Passe le Vieux ; le Nouveau-Testament, avec les figures si originales de R. de Hooge. C'est en un mot une collection très-variée et, à peu d'exceptions près, toutes les pièces qui la composent ne laissent rien à désirer comme beauté et conservation.

Ce Catalogue nous ayant été remis manuscrit, nous prions MM. les Amateurs de voir l'Exposition, quoique nous n'ayons aucun doute sur la véracité des assertions de l'amateur.

V.

Mailand. Crasp 6

Jonitt 6

Weigel 6

Berord X

DÉSIGNATION

DES ESTAMPES

1 **Amman** (Jost). Assemblée du pape et des grands dignitaires de l'Église, de l'empereur et des rois, ducs, barons, etc. 3 p., deux curieuses pour les costumes.

2 **Andreani** (André). Cérès à la recherche de Proserpine, d'après le Parmesan. 1re et superbe épreuve d'un beau camaïeu, avant le monog. d'Andreani.

3 **Anonyme**. Portrait de Bosschaerts Villeboirts, d'après Van Dyck, adr. M. V. den Eden. Très-rare.

4 **Anonyme allemand**, XVIe siècle. Jeux d'enfants. Très-jolis, 2 p.

5 **Altdorfer** (Alb.). Mutius Scævola, Très-belle épr.

6 — Jug. de Pâris, sacrifice d'Abraham, porte-drapeau. 3 p. sur bois.

7 **Antoine**, architecte. Vue du château de Pierre en Bourgogne du côté des cours et du côté des jardins. Pièce non citée, dessinée et gravée par cet artiste.

8 **Ardell** (Mac). La forge, d'après Brouwer. Très-belle épr.

9 **Audran** (G.). Sainte Françoise, d'après N. Poussin. Épr. avant la lettre.

10 **Audran** (J.). Infans salus gentium, d'après l'Albane. Très-belle épr.

11 **Barrière** (Dominique). Quatre marines, dont deux : 1re épr. avant le n°.

12 **Barlow**. Sujets de chasse et de pêche, dont 2 gravures par Hollar. Jolies compositions bien exécutées, 5 p.

13 **Beauvarlet**. Le départ et l'arrivée du courrier. 2 p. d'après Boucher.

14 **Beham** (H.-Sebald). Saint Jérôme, 1519 ; tête de Christ, 1520. 2 p., très-belles épr.

15 — Génie tenant un écusson d'armes. Très-belle épr.

16 — La vierge au perroquet. Superbe épr.

17 **Bella** (Steph. della). Divers paysages dédiés au prince Louis de Bourbon, duc d'Enghien. Suite de 12 p. complètes. Belles épr.

18 — Bataille des Amalécites, très belle ; Masaniello, rare.

19 — Saintes familles, saint Jean. 9 p.

20 **Berghem**. Les chevaux, les ânes, etc. Suite de 4 p.

21 **Binck** (Jacques). Bethsabé au bain, l'une des plus charmantes compositions du maître. B. 6. Très-belle épr.

22 **Bischop** (C.). Trois vaches dans une prairie, à droite un homme portant un seau. Très-rare épr. avant le ciel et les fonds.

23 **Boel** (P.). Les autruches, oiseaux royaux, etc. Chez Scotin, 3 p.

Maillard b

Dobré X

Jarouk X

Roth X

Jouette 15

Char ✱

B. XV. Médaillon XI

24 **Bol** (F.). Vieillard à grande barbe, Claussin 18. Superbe épr. avant le fond nettoyé.

25 **Bolswert** (Schelte). Portrait de J.-B. Barbé, d'apr. Van Dyck. Très-belle épr., avec l'adresse de G. H.

26 — Maria Ruten, femme de Van Dyck, d'après ce maître. Très-belle épr.

27 **Bonasone** (J.). Clélie. Très-belle épr., bien conservée.

28 — Silène monté sur un âne, se soutenant de chaque côté sur un faune. Très-belle, bien conservée.

29 — 12 pièces de l'histoire de Junon, avec entourages ornementés. Belles épr.

30 **Bos** (Corneille). Les Titans foudroyés, d'après maître Roux (école de Fontainebleau).

31 **Bosse** (Ab.). L'enfance, l'adolescence, la virilité, une pièce de vierges folles. 4 p.

32 — La joie de la France. Superbe épr. de l'une des plus belles pièces du maître.

33 — Le siége de La Motte. Belle épr.

34 — Préparation du soldat chrétien au combat spirituel. Superbe épr. d'une belle pièce.

35 — Le bal. Superbe épr. avant l'adresse de Le Blond, d'une pièce très-intéressante pour les costumes.

36 Boucher, Cochin, Coypel, Tremolière, etc. (d'apr.), suite de Don Quichotte. 31 pièces gravées par Ravenet, Aveline, Lépicié, etc.

37 **Boulanger** (Jean), Vénus et Bacchus, Vierge avec l'Enfant-Jésus et saint Jean. 2 p.

38 **Boulle** (J.). Pièce, ornement, très-rare.

39 **Bourdon** (Séb.) La salutation. R. D. 6 ; la visitation, 10, la vierge à l'oiseau, 21. 3 p. du 1er état ; les pauvres au repos, 31. En tout, 4 p.

40 — La salutation angélique. R. D. 9 ; Sainte-Famille et sainte Catherine, 19 ; l'enfant qui boit, 32. 3 jolies pièces. Epreuves superbes du 1er état, avec l'adresse de Boissevin.

41 **Brebiette**. Sujets mythologiques. 4 p.

42 **Breughel** d'Enfer (d'après). Les sept péchés capitaux, compositions bizarres remplies de figures les plus grotesques qu'ait pu enfanter l'imagination du maître. Épreuves superbes, rares à rencontrer aussi bien conservées, 7 p.

43 **Brosamer** (Hans). Le mari subjugué par sa femme. Très-curieuse.

44 — Jugement de Pâris, très-belle épr. ; enlèvement d'Hélène ; M. Curtius ; Lucrèce. 4 p.

45 **Bruggen** (Van der). Jeune fille tenant une fleur, jolie pièce ; buveur, etc. 3 p. manière noire.

46 **Bruyn** (Nicolas de). Les Cinq sens. 5 jolies p., très-belles épr.

47 **Bry** (Théodore de). Diane changeant Actéon en cerf. Très-belle épr.

48 — La fontaine de Jouvence, d'après Beham. Une des plus jolies pièces du maître.

49 **Callot** (J.). Vie de la Vierge, 15 p., suite complète avant les nos ; le double de la salutation (rare) s'y trouve.

50 — Nouveau-Testament, 11 p. suite complète avant le texte, plus saint Jean prêchant.

51 — Le bénédicité. Superbe épr. du 1er état sur pa-

Jarüta 12,

Dobré X

Char XV

Char XII

Chron.

Mail 4

Vol. X. Mail 5

J. A

Weig 10.

pier à la marque de Lorraine, grande marge; très-rare dans une condition aussi parfaite.

52 — Les petites misères de la guerre. Suite de 7 p. y compris le titre, très-belles.

53 **Carpioni** (Jules). Les quatre éléments. Suite de 4 p.

54 — Bacchanales d'enfants. Deux très-belles pièces.

55 — Vierge entourée d'anges et de chérubins ; ange gardien conduisant un enfant. 2 jolies p.

56 **Carrache** (Aug.). Loth et ses filles. Rare.

57 **Castiglione** (Benedette). 3 p.

58 **Challe** (probablement d'après). La chemise en feu, jolie composition d'intérieur Louis XVI. Epreuve imprimée en couleur avant toute lettre.

59 **Chauveau**. Les échevins de Paris rendant hommage à Louis XIV, titre de l'entrée du roi et de la reine en 1660. Très-belle épr.

60 **Chodowiecki**. Les adieux de Calas à sa famille. Très-belle.

61 — 8 vignettes sur la même feuille. Toutes 1re épr., avant le nom au griffonnement au bas de chaque vignette. Très-rares dans cet état.

62 **Cochin** (Nicolas). Conversion de saint Paul, adoration des rois, Moïse. 3 pièces très-belles avec l'adresse de Le Blond.

63 **Cranach** (Lucas). Cavalier et sa dame à cheval. Jolie pièce sur bois (1506), très-belle épr.

64 — Martyre des apôtres, 12 p. sur bois, plus un titre avec la date 1539. Très-belles épr. ; dans l'une de ces pièces on voit une *guillotine* comme instrument de supplice.

65 **Daddi** (Le Maître au dé). Sacrifice à Priape. Superbe épreuve d'une belle composition.

66 **Dassonville** (J.), artiste normand. Le concert au chat, R. D. 12 ; la pipe allumée, 19 ; Joueur de violon assis et tourné à gauche, composition de 12 figures. — Vieille femme assise à gauche et lisant, à droite un homme ayant un bâton surmonté d'une tête que regarde un enfant effrayé, composition de 8 figures : ces deux dernières non décrites. 4 p., très-belles épr.

67 **Delacroix** (Eugène). Le tigre royal. Belle épr. avec l'adresse de Gaugain.

68 **Demarteau** et autres, d'après Boucher. 11 p.

69 — Les quatre saisons, d'après Le Barbier. 4 p.

70 **Dennel**. Le bouton de rose ; l'attention dangereuse, d'ap. Boucher. 2 p. avant la lettre.

71 — D'après Will fils, l'essai du corset et son pendant. 2 p. avant la lettre.

72 **Denon** (V.). Comtesse Stolberg, baigneuses, paysages, bacchantes, études de têtes. 5 p., très-belles épr.

73 — Portrait de Denon, deux portraits de dames, femme assise, jeune fille à une fenêtre. 5 jolies eaux-fortes, très-belles épr.

74 **Desbois** (Martial). Noces de Cana, d'ap. Varotari. Très-belle épr.

75 **Dietricy**. Le satyre chez le paysan. Jolie pièce.

76 — Jésus guérissant les malades. Grande et belle composition du maître.

77 **Dorigny** (M.) et autres. 9 p., d'après S. Vouet.

78 **Duquesnoy** (Mademoiselle). 2 jolies pièces, d'après Boucher.

Sol. N 7. Mail. 11.

De Field. 3

Mail 6

79 **Durer** (Albert). La Vierge couronnée par deux anges; une des plus jolies pièces du maître. Belle.

80 — Cinq études de figures, pièce à l'eau-forte. Belle épr.

81 **Earlom**. Suzanne et les Vieillards, d'après Rembrandt.

82 — Combat du Lyon et du Sanglier, d'après Snyders. Épr. avant la lettre.

83 **Eisen** (Ch.). Les quatre saisons, gravées par Longueil. Charmantes compositions, 4 p.

84 — Vierge donnant le sein à l'Enfant-Jésus. Jolie petite eau-forte.

85 **Flamen** (Alb.) Grand canal de Longuetoise, Saint-Hilaire. 2 p. Belles épr.

86 **Fock** (H.). Beau paysage à l'eau-forte.

87 **Fontainebleau** (École de). Jugement de Pâris, B. XVI. 72, des maîtres anonymes. Belle pièce d'après Lucas Penni; Mercure à droite et le fleuve à gauche. Il y a une copie en contre-partie. Très-belle. Bien conservée.

88 — Mars et Vénus servis par l'Amour, les Grâces et des Nymphes, par L. Daven, d'après un dessin que l'on croit de L. Penni. Belle composition dans laquelle se trouvent plusieurs beaux vases. Très-belle épreuve parfaitement conservée.

89 — Léon Daven, René Boivin, etc., etc. 13 p.

90 **Foulquier**. L'Évocation des morts, d'après Loutherbourg; études de têtes, etc. 3 p.

91 **Frey** (Jacques de). Le père de Rembrandt, l'architecte de la marine et sa femme. Très-belles épreuves.

92 **Galestruzzi** (J.-B.). Vases et trophées. 11 p.

93 **Galle** (Corneille). Portrait d'Engelbert Taie, d'après Van Dyck. Très-belle épreuve avec l'adresse de Meyssens.

94 **Gellee** (Claude) dit le Lorrain. Mercure et Argus, 1er état, non décrit par R. D. avant une raie sur le genou gauche d'Argus.

95 **Gessner** (Salomon). 10 p.

96 **Ghisi** (Georges). Hercule victorieux de l'Hydre. Belle pièce avec entourage ornementé; belle épr.

97 **Goltzius** (H.). Mars et Vénus surpris par Vulcain à la vue de l'Olympe. Superbe épreuve d'une très-belle pièce.

98 **Greuze** (D'après). Le petit frère, la petite sœur, gravés par Haver. 2 jolies pièces. Très-belles épr.

99 **Griffier** et **Place.** Oiseaux avec jolis fonds de paysages, d'après Barlow. 8 p.

100 **Gros** (Le). Animaux et paysages. Jolies eaux-fortes. 2 p.

101 **Haeften** (Nicolas Van). Trois femmes assises autour d'une table, l'une à gauche porte une cuiller à sa bouche, les deux autres à droite, une quatrième derrière fait un geste de la main près du visage de celle qui tient une cuiller. Au bas à droite *N. V. Haeften, f. 1694*. Pièce non décrite. Rare.

102 **Hagedorn.** Jolis paysages. Très-belles épr. 3 p.

103 **Hambourg** (Jacob). Vieux juif, assis et lisant. Belle eau-forte.

104 **Hollar** (W.). Portraits de Lucas et Corneille de Waël, d'après Van Dyck. Très-belle épr. avec l'adresse de Meyssens.

105 — Pembroke (Philippe Herbert comte de), d'après Van Dyck. Très-belle épr.

Mail 5

Avril 8

B. C.

Avril 2

106 **Hooge** (Romyn de). Fêtes, arc de triomphe en l'honneur de Guillaume III. 6 p. Superbes épr. 8 50

107 **Hopfer** (J. et D). Érasme, Maximilien, ornements. 4 p. 3 25

108 **Huret** (Grégoire). Mazarin, pièce allégorique et autres. 4 p. 2 .

109 **Jeaurat** (Ét.). Entrevue de Louis XIV et Philipe IV dans l'île des Faisans. Très-belle épreuve, grandes marges. 2 50

110 **Jode** (P. de). Portrait de Jeanne de Blois, d'après Van Dyck. Superbe épr. sur papier à la folie, avec adresse G. H. 6

111 **Klengel**, d'après Dietricy. 4 p. 1

112 **Lahyre** (L. de La). Apollon et Marsyas, Repos en Égypte, Saint Paul, etc. 5 p. 3

113 — Mellan et autres. La Sainte face, les Trois Grâces, par Chauveau ; la Sainte Famille, par M. Lasne, d'après Vouet, Léda, 7 p. 8

114 **Langlois**. Cuisinière hollandaise, d'après Wantol. Avant la lettre. 1

115 **Langot**. Saint-Sacrement. 7

116 **Larmessin**. Frère Luce, le Calendrier de vieillards, le Villageois qui cherche son veau, d'après Boucher et Vleughels. 3 p. 3 50

117 **Larue** (F. de). Bacchanales. 2 jolies eaux-fortes. 4 50

118 **Launay** (N. de). Marche de Silène, d'après Rubens. Très-belle épr. 4 25

119 **Lebas** (J.-Ph.). Recueil de griffonnements et épreuves d'eau-forte, composés et gravés par lui-même. 15 p. sur 9 feuilles. 3

120 **Lebrun** (Charles). Les quatre parties du jour. 4 p. 4

121 Lebrun (D'après). Les douze mois de l'année, gravés par Thomassin, Surugue, Flipart, etc. 12 p.

122 **Leclerc** (Seb.). Histoire de Psyché. Suite de 4 p. très-belles.

123 **Léonart** (S.-F.). Portraits de Merstraten et sa femme, d'après Van Dyck. 2 p. Manière noire. Très-belles épr.

124 **Lépicié.** Le Jeu d'échecs, d'après C. de Moor. Jolie pièce.

125 **Leprince.** 14 p.

126 **Livens** (J.). Buste d'un oriental, Cl. 34, très-belle épr. rare.

127 **Loir** (Nicolas). Sainte-Famille, 2 pièces du 1er état.

128 **Longueil** (de). Les dons imprudents. Retour à la vertu. 2 pièces imprimées en couleur, jolies compositions d'intérieurs et costumes, 1res épreuves avec l'adresse de Longueil qui a été remplacée postérieurement par celle de Vallée ; rares.

129 **Loutherbourg.** Les quatre parties du jour, suite de 4 pièces très-belles.

130 **Luchese** (M.). Abordage de galères d'après Polydor, superbe épr.

131 **Mair.** Maison d'architecture gothique ornée de statues : à la porte d'entrée une dame avec un jeune seigneur; dans le bas à gauche on lit : *Mair.* Quoique cette pièce soit bien gravée dans la manière du maître, Bartsch la range dans les pièces douteuses. Très-belle épr. d'une pièce curieuse.

132 **Mariette** Ex. — Doralice, Philis, Caliste, Florinde, Cloris. Jolis portraits de femmes, coiffures

Villers X

Comb 15 . Mail 8 Dob. 10

Mail 3.

Dob. 6

V..... X

Avril 2

et costumes des premiers temps de Louis XIV. 5 pièces.

133 **Mauperché** (H.). Tobie offrant le poisson à l'ange, R. D. 8. Épreuve superbe du plus beau paysage du maître.

134 — Apollon écorchant Marsyas, R. D. 27. Très-belle épr.

135 **Meyering.** Un beau paysage.

136 **Montagne** (Michel). La Vigie, R. D. 11. Superbe épr. du 1er état.

137 **Moreau** le jeune (d'après). 26 vignettes.

138 Moreau le jeune, Baudoin, Coypel, Freudeberg, Jeaurat, Lawreince, Leprince, Nattier, G. Saint-Aubin, etc., etc. 35 pièces, 3 lots.

139 **Morghen** (Raph.). Salvator d'après Carlo Dolci, jolie petite pièce.

140 **Parizeau.** Sacrifice aux Grâces et autre, 2 pièces imprimées en bistre, charmantes compositions d'enfants.

141 **Parrocel** (Pierre). Bacchanale, R. D. 17, 1re épr. à l'eau-forte pure, très-belle.

142 — Danse de villageois : vers le milieu deux hommes et deux femmes forment une ronde, au delà un joueur de violon et un joueur de flûte, à droite une jeune femme tient par la taille un jeune homme qui lui caresse le menton; composition de 20 figures. — Mendiants, vieille femme derrière un homme portant un enfant, marchant vers la gauche. — Jeune garçon coiffé d'un bonnet, debout, tourné vers la gauche, 3 jolies eaux-fortes non décrites, par R. Dumesnil.

143 **B. Picart,** Courtin, Cochin, etc. 15 jolies pièces.

144 **Pierre.** Danse de village, grande et belle composition gravée à l'eau-forte, par le maître.

145 Pierre (J. B. M.). 4 pièces.

146 **Prudhon** (d'après). La Liberté, gravée par Copia, épr. avant la lettre, rare.

147 **Rembrandt.** La Circoncision, B. 47, Sainte-Famille, B. 63, épr. du 1er état avant des travaux principalement sur les parties blanches du haut.

148 — Petite Samaritaine, martyre de saint Etienne, faiseuse de koucks, gueux et sa famille, trois figures orientales, 5 pièces.

149 — Descente de croix aux flambeaux, B. 83. Belle.

150 — Petite résurrection de Lazare, B. 72. Très-belle.

151 — Gueux et gueuse, femme à la calebasse, gueux estropié, 3 pièces.

152 — Vieillard à grande barbe, B. 290. Belle.

153 **Reynolds** (S. W.). La marquise de Tavistock d'après Joshua Reynolds, jolie pièce.

154 **Ricci** (Marco). Paysages. 2 belles épreuves.

155 **Richomme.** Neptune et Amphitrite, d'après Jules Romain. Très-belle épr.

156 **Rodermont.** Portrait de Jean Second, poëte hollandais célèbre, rare.

157 **Rogman** (Roeland et Gertrude). Beaux paysages, vues de Hollande, suite complète, 14 pièces très-belles.

158 **Saenredam** (Jean). Les quatre parties du jour d'après Goltzius, 4 pièces. Très-belles épreuves d'une jolie suite.

Mitgau. X

Hail. 5

1	Aumon	Mailand Gray	6	50
2	Andreani	Lajarrite	2	
3	anonyme Boschaert	Weigel	2	
7	Antoine architecte	Berard	1	50
9	Audran Ste Françoise	Mailand	2	50
18	La Bella les Amalécites	Lajarrite	2	
38	Boulle	Berard	11	50
42	Breughel les [illegible]	Lajarrite	12	
46	Breughel les 5 sens	Dobie	9	
50	Callot nouveau testament	Chardon	16	[illegible]
51	le Benedicite	Chardon	24	
52	les petites Misères	Chardon	8	
56	Challe ma chemise brûle	Dobie	10	50
59	Chauveau les Echevins	Lajarrite	5	
60	Chodowiecki adieux de Calas	Weigel	5	
83	Eisen les quatre saisons	Mailand	8	50
84	Vierge donnant le sein	de Fredeling	3	
123	Leonard 2 port	Villars	6	50
140	Carigeau 2 p. Bistre	Villars	7	50
143	B. Picart etc	Morgand	10	
			153	50

	Report		153	50
163	Savry 4 p.	Dobré	5	
182	Velde 4 alemm	Dobré	7	
183	les 12 mois	Dobré	11	
184	Vicentino Hercule	Weigel	6	
189	Vorsterman Gerard Seghers	Weigel	2	50
197	Holbeck États généraux	Lajariette	110	
200	Charlotte Corday	Combrouse	12	
201	Marie Dupoisse	Renouvier	10	
207	Mad. Dubarry	Delamare	63	
209	Paris de Montmartre	Lajariette	20	50
229	13 portraits		5	50
234	le flambeau du juste	Lajariette	7	50
243	D'Argentré	Cte Carpin de Lain	25	
250	[illegible]	Cray	6	
263	Scudéri	Lajariette	7	
284	De Thou	Cray	4	50
289	Louis Dauphin	Combrousse	8	
295	Livre d'Architecture	Dubois	2	
			466	
			23	85
			10	50
			500	35

Deel 21 / Faust 15

Harvey XII

DeFid. 5

Hiob 8

159 **Saint-Aubin** (d'après Aug. de). Les portraits à la mode. — La promenade des remparts, 2 pièces charmantes compositions, gravées par Courtois, épreuves avant la lettre très-rares. Des vers manuscrits se rapportant aux sujets se trouvent dans la marge du bas. 31

160 — Vertumne et Pomone, d'après F. Boucher. Superbe épr. avant toute lettre. 13

161 — Venus Anadyomène d'après le Titien, très-belle épr., avant la coquille, d'une jolie pièce. 6

162 **Saint-Aubin** (Gabriel). Deux vignettes pour Tancrède, une pour Mérope. 3 jolies eaux-fortes. 1 25

163 **Savry** (S.). D'après S. de Vliéger, jolies compositions de fêtes. 4 pièces. 5 Vig

164 **Schmidt** (G. F.). Rembrandt dans sa jeunesse. 2 50

165 — Vieillard à moustaches. 2 25

166 — Présentation au temple, d'après Diétrich. 3

167 — Cinq têtes d'enfants, très-belle épr. d'une jolie pièce. 3 50

168 **Schoenberger.** Beau paysage. 1er état avec le ciel blanc. 4 25

169 **Schongauer** (Martin). Christ en croix, des anges recueillant dans des calices le sang qui coule de ses plaies. 22

170 **Schut** (Corneille). 6 pièces belles compositions. 4 50

171 **Sergent** (A. F.). Il est trop tard. Jolie pièce imprimée en couleur. 8

172 **Serwouter** (Pierre), d'après Vinckboons. Suite de 10 pièces, chasse et pêche, curieuses pour les costumes. 8

173 **Smith** (J.). Les anges adorant Jésus, d'après C. Maratte. Belle composition. 4 25

174 **Strange** (R.). L'Amour d'après C. Vanloo. — César répudie Pompée, d'après P. de Cortone, 2 pièces très-belles épr.

175 **Triva** (Antoine de). Suzanne et les vieillards, eau-forte rare.

176 **Umbach** (Jonas). Danse d'enfants autour du buste du dieu Pan. Superbe épreuve d'une charmante pièce.

177 — Danse d'enfants au son de la flûte d'un satyre, musiciens à la porte d'un savetier, 2 pièces.

178 **Uytembrouck** (Moïse). Diane et Calisto. Superbe épr. du 1er état, avant le nom du maître.

179 **Vandyck** (Ant.). Portrait de Paul du Pont, très-belle épr. terminée sur papier à la folie.

180 — Guill. de Vos, belle épr. sur papier à la folie.

181 — Snyders, épr. terminée par Jacques Neefs. Très-belle sur papier à la folie.

182 **Velde** (J. V.). Les quatre éléments. 4 pièces.

183 — Les douze mois de l'année, suite curieuse pour les costumes. 12 pièces très-belles.

184 **Vicentino** (Jean Nicolas). Hercule étouffant un lion, d'après Raphaël. Superbe épreuve d'un beau camaïeu, rare, doublée.

185 **Vico** (E.). Jupiter et Léda, d'après Michel-Ange 1542. Très-belle épr.

186 **Vien.** Bacchanales. 2 belles eaux-fortes.

187. **Vignon** (Claude). Miracula Domini nostri. 13 p., suite complète.

188 **Van Os.** 2 pièces d'après P. Potter et Ruysdaël.

189 **Vorsterman** (L.). Portrait de Gérard Seghers, d'après Van Dyck, avec l'adresse de M. Van den Eden. Rare.

Dob. 1.5
Dob.

Weig 8

Weig 4

Weig.. 3...

Variable Lig 32.

190 **Vaillant** (V.). Concert d'après Gérars, manière noire. 1. 50

191 **Walker.** Deux enfants donnant à manger à un oiseau, d'ap. Netscher. Jolie pièce. 1 75

192 **Watteau** (d'ap.). Les comédiens français, le sommeil dangereux, gravés par Liotard. 2 p. 6

193 — Enlèvement d'Europe, gravé par Aveline. Très-belle épr. doublée. 5

194 **Will** (J.-G.). Reîtres et lansquenets, d'ap. Parrocel. Suite de 12 p. Très-belles épr. avec marges. 6 50

PIÈCES HISTORIQUES, MŒURS, ETC.

195 **Boissard.** Opéra d'enfer, pièce historique très-curieuse contre les accapareurs de blé et farine en 1694. Très-rare. 10

196 **Campion.** L'Opérateur céphalique, à l'enseigne : *Tout en est bon.* « Ceans maistre Lustucru a un secret admirable pour forger et repolir les testes des femmes acariâtres, bigeardes, criardes, diablesses, enragées, etc., etc. » Pièce satirique et curieuse contre les femmes, sous Louis XIII. Très-rare. 8

197 **Halbeck.** États-généraux tenus après la mort de Henri IV. A gauche se tient Marie de Médicis, près de Louis XIII. — On y voit figurer M. de Mayenne, les princes et pairs de France, les maréchaux et amiraux, les cardinaux, évêques, etc. Pièce historique curieuse et rare. 110 Vig

198 Le grand bureau de *la Gazette*, danseurs de corde, entrée du nonce à Paris (1732), proverbes du temps, feux d'artifices, etc, 12 p.

199 Lit de justice, sacre de Louis XV, mariage du duc de Bourgogne, pièces sur les jésuites, etc. 23 p.

PORTRAITS.

200 *Anonyme.* **Charlotte Corday**, avec un médaillon représentant l'assassinat de Marat ; imprimé en couleur. Curieux et rare.

201 — **Marie Despoisses**, maîtresse de Henri III ; à l'eau-forte. Rare.

202 — **Ravaillac**, dans une bordure ovale. Il tient de la main droite un poignard levé ; il est coiffé d'un chapeau avec plumes. Ce portrait est de la plus grande rareté. L'exécution de cette pièce rappelle le travail de Crispin de Pas.

203 *Anselin.* **Mme de Pompadour** en jardinière, d'ap. Vanloo. Superbe épr. avant la lettre. Très-rare.

204 *Audran* (Benoît). Jean-Paul **Bignon**, d'ap. Vivien. Superbe épr. d'un beau portrait.

205 *Arril* (J.-J.). **Brizard**, Ducis. 2 p.

206 *Bartholozzi.* Angélica **Kauffman**, d'ap. J. Reynolds.

207 *Beauvarlet.* **Mme Dubarry**, d'ap. Drouais ; superbe épreuve avant la lettre. Très-rare.

Cambronne X5 ! Del. 9 : Liguerolle 4 :

Renommée X1 Jan 6

V..... XX Harvey XXX

Delomane 2... Villot XX . Janvier 20

Jor. Chamfl. XX

Yar.

Mail 4

208 *Carmontelle* (d'ap.). **Bachaumont, Franklin.** Famille **Calas,** 3 p.

209 *Cathelin* (L.-J.). Paris de **Montmartel,** marquis de Brunoy. La tête est d'après Latour, l'habillement et le fond d'après Cochin ; ameublement Louis XV magnifique. C'est un des plus beaux portraits du XVIIIe siècle. Superbe épr.

210 *Chevillet*. M. **Lenoir,** lieutenant de police, d'après Greuze. Très-belle épr.

211 *Couray*. **Marie Stuart,** avec une représentation de son supplice dans le fond à droite. Belle pièce rare.

212 *Crespy* (J.). **Louis XIV.** Joli médaillon entouré de trophées.

213 *Dalen* (Corneille Van). **De le Boe,** profess de médecine à l'Académie de Leyde. Très-belle épr.

214 *David* (Jérôme). François de **Malherbe.** Joli petit portrait.

215 *David* (Louis). **Louis XIV** à cheval, victorieux de l'hydre, d'ap. P. Perru. — Louis XIV est armé de la foudre. Curieux et rare.

216 *Delft* (Guillaume-Jacob). **Élisabeth,** reine de Bohême. Très-belle épr. d'un beau portrait.

217 *Drevet* (Pierre). **Bossuet** en pied. Très-belle épr. avant les points.

218 — Dom. **Denys** de Sainte-Marthe. Très-belle épreuve.

219 *Edelinck* (G.). **Louis XIV.** Charmant petit portrait. R. D. 249. 1er état. Très-rare.

220 — Nathanaël **Dilgerus.** R. D. 185. Rare et recherché.

221 — Duc de **Noailles**. 1er état. Rare. Paul Tallemant. 2 p.

222 — **Regnier** de Graaf. R. D. 219. Superbe épreuve avant la lettre. 1er état non décrit d'un charmant portrait.

223 *François* (J.-C.), artiste lorrain. **Louis XV**. Bon portrait à la manière du crayon en rouge.

224 *Gaultier* (Léonard). Beau titre, année **1621**, où l'on voit dans le haut un beau portrait de **Louis XIII**. Très-belle épr.

225 — Baronius, Charron, marquis du Pont; duc de Nemours, Louis XIII à genoux, Bouchart, Gamache, François Étienne. **10 p.**

226 — **Marie de Médicis**. (1610). Belle épr.

227 *Goltzius*. Copie du temps, de son petit portrait de **Henri IV** coiffé d'un chapeau dont le bord de devant est très-relevé ; autres portraits d'Henri IV, par L. Gaultier, Landri, etc. 7 p.

228 *Habert* (N.). Molière, Louis XV, Gastaud, Gaston de Rohan, Delita. 5 p.

229 — Marignier, Sainte-Marthe, Ant. Arnault, Ant. Lemaitre, Ed. Richer, Santeuil, Bernard, etc. 13 p.

230 *Hoorbe* (Ghillis), artiste non mentionné. Titre. La Sainte-Bible, contenant le Vieil et Nouveau-Testament. A Paris, chez Jacques du Puys, 1587. Dans un cadre à bordure, au-dessous, l'on voit agenouillés aux pieds du Christ en croix : à gauche, Henri III et Louise de Lorraine, sa femme ; à droite, Catherine de Médicis. Ces trois personnages portent une couronne. Pièce d'une grande finesse d'exécution, curieuse et fort rare.

Char 111

Dest X

231 *Houbraken* (Jacob). **Sophie Dorothée,** reine de Prusse, d'après Ant. Pesne. Portrait d'une grande finesse d'exécution. Très-belle épr.

232 *Humblot* (J.). **Henri de Lorraine**, comte d'Harcourt, **Schomberg.** 2 beaux portraits équestres. Superbes épr.

233 *Huret* (Gr.). Le grand **Condé** jeune recevant de la France une branche de laurier ; dans le haut un ange tient une banderolle sur laquelle on lit : *Alias tibi fata reservant*. Epreuve d'une belle pièce.

234 — Le flambeau du juste, année 1643, beau titre, où se voient les portraits de Louis XIII, le Dauphin, Mazarin, Pierre Séguier, La Meilleraie, etc. Superbe épreuve parfaitement conservée.

235 — De Saint-Bonnet, seigneur de **Toiras**, maréchal de France.

236 *Janinet*. **Ninon de Lenclos.** Jolie pièce imprimée en couleur.

237 *Larmessin*. De **Lowendal,** d'après Boucher. Beau portrait.

238 *Lasne* (Michel). Richelieu, Laffemas, Duval, René Moreau, Duval, plus petit. 5 p.

239 — Hardy, Montaigu, Anne d'Autriche, Baro, de l'Académie, Doublet, Thuet. 6 p.

240 — Henri VII, roi d'Angleterre.

241 *Lépicié*. **Molière,** d'après Coypel ; Richelieu, par Rousselet ; Thomas Corneille, par Thomassin. 3 p.

242 *Leu* (Thomas de). **Henri IV** en pied, couvert de son armure. 1re épreuve, avant que le nom de l'artiste n'ait été effacé sur la planche.

243 — **B. d'Argentré.** Superbe et 1re épreuve tirée avant le texte, avant les travaux formant les rides

sur le front et ayant une mèche de cheveux qui descend au dessous des cheveux du sommet de la tête. Très-rare dans cet état.

244 — **Gabrielle d'Estrées** dans un médaillon ovale, entourage ornementé de fleurs, au bas quatre vers : *Fleur des beautés du monde*, etc. Petite marge ajoutée. Fort jolie épreuve : portrait d'une grande rareté.

245 — Petrus de Arlensis, Henri III, La Framboisière, Gonzague de Nevers, connétable de Bourbon, d'Argentré. 6 p.

246 — (Attribué à). **Henri III** dans son armure, avec un sonnet dans la marge du bas. Ce portrait n'est pas commun.

247 *Martin* (D.). David **Hume**, d'après Ramsay. — **Locke**, par Smith. 2 p. manière noire.

248 *Masson* (Ant.). **Marie de Lorraine**, duchesse de Guise, princesse de Joinville. Très-belle épreuve du 3ᵉ état avant le lapin. Rare.

249 — **Marin Cureau** de la Chambre. R. D. 24. 1ᵉʳ état.

250 *Masson* (Madeleine). Blaise **Pascal**. Rare.

251. *Mellan* (Cl.). **Louis XIII** à cheval, d'ap. Le grain polonais en haut d'un titre, avec la date 1622. Superbe épreuve d'un portrait rare.

252 — Peiresc, prince de Conti, Nesmond, de Marolles, Servien, Bonnet de Thoiras, etc. 11 portraits.

253 — **Richelieu** assis et écrivant. Beau portrait.

254 *Morin*, d'après Champagne **Vignerod**, abbé de Richelieu. Très-belle épr.

255 — **Louis XI**. Très-belle épr.

Rom. XIII, [illegible] XX

Gen 10

Gen. 6.
X

Vol. 7

Carriera

Cr... X

Carriera
Cr. 5

Vol. 33. Cr. 12. Lig. 17

256 *Nanteuil* (R.). Vincent **Voiture.** R. D. 234. Les bonnes épreuves de ce portrait sont très-rares; celle-ci est de toute beauté.

257 — Duc d'**Épernon.** 1er état. Très-rare. R. D. 91.

258 — **Letellier.** archevêque de Reims. Fort comme nature. R. D. 142.

259 — **Mazarin,** d'après Van Mol. R. D. 175. 1er état. Belle marge.

260 — **Mazarin.** R. D. 187. 1er état. Superbe épr. de l'un des portraits les plus recherchés de Mazarin.

261 — **Castelnau.** 1er état.

262 — Mazarin, Thévenin, de Suze. 3 p.

263 — **Scudéri.** 1er état. Superbe, toute marge.

264 — **Guebriant.** R. D. 104. Superbe épr. 1er état.

265 *Picart* (B.). Duc d'**Orléans,** régent. Beau portrait, d'ap. Ant. Coypel.

266 *Pitau.* Pierre **Séguier.** Buste fort comme nature, d'après N. de Plate-Montagne.

267 *Plate-Montagne* (N.). **Roger O'Moloy,** professeur au collége de Beauvais. R. D. 28. 1er état.

268 *Pradier.* **Joseph,** roi d'Espagne, d'ap. Gérard. Portrait en pied avant la lettre.

269 — **Regnault** de Saint-Jean d'Angély, d'après Gérard. Portrait en pied avant la lettre.

270 *Regnesson* (N.). La duchesse de **Longueville,** d'après Chauveau. Très-belle épr., fort rare.

271 *Roullet.* Chancelier **Letellier.** Charmant petit portrait dans un rond formé d'une couronne de fleurs, soutenu par une renommée et deux amours de Séb. Leclerc.

272 *Roussière* (de la). Michel de **Castelnau,** auteur de Mémoires curieux sur notre histoire.

273 *Savart* (P.). **Bossuet.** Très-belle épr. avec l'adresse de la Barrière de Fontarabie.

274 *Saint-Aubin* (Aug. de). Portrait de **Moreau** le jeune. Rare.

275 — **Lekain,** d'ap. Lenoir. Épr. avant la lettre.

276 *Schmidt* (G.-F.). J.-B. **Rousseau,** d'ap. J. Aved. Superbe épreuve.

277 — Mlle **Clairon.** d'ap. Cochin fils. Belle épr.

278 *Sompel* (P. Van). **Ferdinand II, Éléonore,** sa femme. 2 beaux portraits, d'ap. Soutman. Très-belles épreuves.

279 *Suyderhoef* (Jonas). **Albert,** archiduc d'Autriche, d'après Rubens. Superbe épr. d'un beau portrait.

280 — **Philippe III,** d'ap. Soutman. Épreuve superbe.

281 *Tanjé*. **Christine** de Suède, princesse de Joinville, par Masson, Mme de Graffigny, etc. 11 portraits de femmes, par divers artistes.

282 *Villamena* (F.). Christophe **Clavius,** savant jésuite, fut appelé à Rome par Grégoire XIII pour travailler à la reformation du calendrier qui s'appela depuis Calendrier Grégorien.

283 *Visscher* (L.). **Anne d'Autriche,** reine de France, d'après Vanloo. Très-belle épr.

284 *Vouillemont* (Séb.). Jacques-Aug. de **Thou,** d'ap. Dumoustier. Beau portrait.

285 *Wert* (J. de). **Henri IV** dans le haut d'un titre charmant ; petit portrait. Belle épr.

286 *Wierix* (Jérôme). Quentin **Metsis.**

287 *Wierix* (Jean). **Henri III.** Belle épr., in-fol.

288 *Will*. Prince de **Galles,** d'après Toqué. Très-belle épreuve.

Comb. 15

Weig 5

Dubois 4.

289 — **Louis**, dauphin de France, d'ap. Klein. Très-belle épr. Le Will, renversé au milieu de la marge du haut, est très-apparent.

290 *Woollett* (Wm.). **Rubens**, d'ap. Van Dyck. Très-belle épreuve.

LIVRES A FIGURES.

291 Traité des feux d'artifice, par M. F***; à Paris, chez Nyon, 1747. 1 vol. in-8, fig., parmi lesquelles se trouve celles représentant les illuminations exécutées à Paris, en 1739 et 1744, rue de la Ferronnerie.

292 Selecta numismata antiqua ex museo Jacobi de Wilde. In-4, fig.

293 Le Gemme antiche figurate di Michel Angelo causeo de la chausse, etc. In Roma, 1700. 1 vol. in-4, fig. Il y a des mouillures.

294 La Vie de saint Bruno, d'après Le Sueur, par F. Chauveau, terminé par Simonneau. A Paris, chez la Ve Chereau. Suite de 22 pièces.

295 Quattro primi libri di Architettura di Pietro Cataneo Senese Aldus in Vinezia, 1554. Reliure parchemin.

296 Portraits des rois de France, depuis Pharamond jusqu'à Louis XIIII. Paris, chez Boissevin. 1 vol. in-4 rel. parchemin. 65 portraits.

297 Éloge historique de sainte Fremiot de Chantal. Paris, P. Berton, 1768, avec un joli portrait de Mme Fremiot de Chantal, par Mme Tardieu, d'après Restout.

208 Le Spectacle de la vie humaine, etc., avec 103 fig. d'Otto Venius. La Haye, Jean Van Duren, 1755.

299 Fable de La Motte. 1 vol., avec les jolies fig. de Gillot.

300 Labyrinthe de Versailles. 1 vol. oblong, figures de Scherm.

301 Le Cannameliste françois, ou instructions pour ceux qui désirent apprendre l'office, par le sieur Gilliers, chef d'office de Sa Majesté le Roi de Pologne, etc. Nancy, 1751, in-4.

Livre curieux et rare, orné de belles planches, dont plusieurs contiennent des surtouts, plateaux, services, etc.

302 Plans et profils de toutes les principales villes et lieux considérables de France, etc., par Tassin, géographe du Roi, en 1631. 2 vol. oblong, contenant environ 400 planches, vues, plans et cartes de France.

303 Henrico IIII.... Panegyrius a P. Petro Roverio avcniensi e Societate Jesu. Paris, Claude Chappelet, 1604, in-4 broché, contenant un joli portrait de Henri IV, par L. Gauthier.

304 Trois Traités de la Philosophie naturelle, etc., plus les figures hiéroglyphiques de Nicolas Flamel au cimetière des Innocents. à Paris, etc. Paris, Ve Guillemot et Thibovst, 1612, avec fig. sur bois.

305 Narratio Regiorum Indiarum per Hispanos, etc. Offenheim, 1614, avec nombreuses fig. de Th. de Bry. Ouvrage curieux de Las Casas sur les cruautés des Espagnols dans les Indes.

306 Annalium de vita et rebus gestis ill. principis Friderici II, electoris palatini, etc. Francfort, 1624, 1 vol. in-4, rel. parchemin. Ce volume contient entre autres portraits : Charlemagne, Roland, Charles-Quint, François Ier, etc.

307 Historia anatomica corporis, etc. Authore Andrea Laurentio. M. Becker, 1600, in-4, rel. parchemin, nombre de fig. d'anatomie. Cet ouvrage renferme un charmant portrait de Henri IV, avec entourage ornementé de Th. de Bry.

308 Histoire de Guillaume III, roi d'Angleterre. Amsterdam, 1692 ; nombr. fig. et arcs de triomphe, par R. de Hooghe. 1 vol. in-4.

309 Ducum Brabantiæ chronica, etc. Anvers, chez Jean Moret, 1599, in-4, rel. parch. Cet ouvrage renferme les portraits des ducs de Brabant, parmi lesquels Charles-Quint (28 pl.). Tous ces portraits sont en pied ; les épreuves sont très-belles, mais le volume a des piqûres de vers.

310 Histoire des conquêtes de Louis XV, de 1744 à 1748. Paris, de Lormel, 1759, in-fol. br. Ce volume renferme de nombreux cul de-lampes, plans, siéges, etc., parmi lesquels la bataille de Fontenoi.

311 Pompa funebri di tutte le nationi de Francesco Perucci in Verona. Fco. Rossi, 1646. 1 vol. obl., figures.

312 Illustrium Hollandiæ et Westfrisiæ ordinum alma Academia Leidensis. Lugduni Batavorum, 1614, in-4, rel. parch. Ce volume renferme 52 portraits d'hommes célèbres, parmi lesquels M. de Saint-Aldegonde, J. Lipse, Pierre Dumoulin, Arminius,

Swanemburg, Forest, etc.; au commencement du volume, une grande planche à costumes. Vers la fin, le volume est un peu piqué dans les marges seulement.

313 Histoire du Vieux et du Nouveau-Testament, représenté en tailles douces, dessignées et faites par M. Romeyn de Hoogue. Amsterdam, J. Lindenberg, 1704, 1 vol. in-fol., 142 fig.; très-belles épr. C'est une des plus curieuses suites en ce genre. Romyn de Hooge, ce maître si célèbre et si original dans son travail, a mis dans ces compositions si variées toute la fougue de son imagination.

314 Instruction du Roy en l'exercice de monter à cheval, par messire Antoine de **Pluvinel**... A Paris, aux dépens de Crispin de Pas le Vieux, 1625. Nombreuses et belles figures de Crispin de Pas; ouvrage curieux non-seulement pour l'exercice du manége, mais encore en raison des portraits des personnages principaux de la cour de Louis XIII, qui se trouvent aux planches 38, 39, 40, 41, 42, 43. Portraits très-bien exécutés; l'exemplaire est un peu taché aux cinq ou six premières pages.

Nota. A cet exemplaire a été jointe la fig. de Louis XIII, nu, à cheval, qui manque très-souvent. Cette fig. a été retranchée sans doute parce qu'on trouvait peu convenable de représenter le roi dans l'état de nudité.

315 A propos de Société de Laujon. 3 vol. in-8 br.; jolies fig. de Moreau jeune. Très-belles épr.

316 P. Terentis afri Poetæ lepidissimi comediæ, etc. Paris, Jean de Roigny, 1552. 1 vol. in-4; nombre de jolies fig.; scènes théâtrales sur bois.

Maulde et Renou, Imprimeurs de la Compagnie des Commissaires-Priseurs, rue de Rivoli, 144. 9692

22 lots 1314.25 2151

90 1081 75

2200

papier pour Chemises 5 Mains	6-25
affranchissement de poste	4.50
9 feuilles et montages	1-75
	12.50
transport de Vente	1 50
	f. 14 ..

Ruchonn

www.ingramcontent.com/pod-product-compliance
Ingram Content Group UK Ltd.
Pitfield, Milton Keynes, MK11 3LW, UK
UKHW020213200726
13856UKWH00004B/1353

9 782013 076043